LETTRE
PROPHETIQVE,
Sur les affaires du temps.

Presentée à Messieurs les Princes.

A PARIS,
Chez Pierre Remy, à la Montaigne de
sainte Geneuiefve.
M. DC. LII.

LETTRE
PROPHETIQVE

Sur les affaires du temps.

Presenté à Monsieur le ...

A PARIS,

Chez Pierre Remy, à la Montaigne de
Sainte-Geneviefue.

M. DC. XI.

LETTRE
PROPHETIQVE,

Sur les fourberies du temps.

MONSIEVR,

Ie ne voy point quel peut estre le sujet
du grand estonnement, que vous me tesmoi-
gnez par vostre Lettre, sur le changement du Duc
Charles. Pour vn vieux Courtisan, vous estes bien
mal instruit de l'humeur des Princes, & particulie-
rement de celuy-là. Dans les autres (ie parle des
maudais) c'est naturel que la fourberie dans ce
Duc, c'est naturel & habitude tout ensemble. Toute sa vie n'a esté qu'vne suite continuelle & infide-
litez & de changemens extrauagans. Il s'est tous-
jours mocqué de tous les liens, dont la societé &
le droit des gens se seruent pour engager la foy des
hommes. La sienne est trop subtile pour estre arre-
stée par des filets si communs & si grossiers, que
sont les traittez & les signatures : Le papier n'est

A ij

que de la toile pourrie. On ne lie pas vn tel Samſon
auecque des fils de chanvre. Il faudroit pour le
bien retenir luy couper autre choſe que les che-
ueux. Ce Sage Duc croit que la parole n'eſt pas
plus de garde que les fleurs & les fruicts du Prin-
temps, qu'elle eſt trop vieille apres deux iours, &
qu'il la faut ſouuent changer du lieu de peur qu'elle ne ſe gaſte. C'eſt pour cela qu'il n'en eſt nullement
chiche, il en a donné à qui en veut; mais c'eſt
touſiours à la charge de reuerſion. Il a peut eſtre
tenu quelque traduction d'Homére, où il aura
trouué que ce Poëte des Heros appelle les paroles
Ailées; ce qui luy a donné la penſée qu'elles ne doi-
uent pas s'arreſter plus long temps en vn lieu, que
des oyſeaux de paſſage. Il n'eſt pas dans le ſenti-
ment de cet autre qui les appelle irreuocable : Les
ſiennes ſont de telle nature, que le moindre leurre
d'intereſt eſt capable de les rappeller. Il auoit bien
deſia fait vn traicté auec le Cardinal ; mais il ne
croyoit pas auoir aſſez dignement merité ſes bon-
nes grâces, s'il n'en faiſoit vn autre auec les Princes
pour le rompre dés le lendemain ; s'il ne manquoit
de foy à ſa ſœur & à ſon beaufrere. On n'auoit iamais veu de luy que des coups de Maiſtre dans cet
Art, mais à cette fois il s'eſt ſurmonté luy-meſme.
De ſorte qu'il fait douter s'il eſt ce Duc Charles
dépoüillé, parce qu'vne ſi noble perfidie n'apparte-
noit pas à vn Capitaine de Bandis, mais à quelque
puiſ-

saint souuerain. Il est à craindre pour luy que les Es-
pagnols, & que le Mazarin n'en prennent de la
ialousie: Les premiers pourront craindre que la foy
Lorraine ne l'emporte desormais dans l'estime
commune sur la foy Espagnole. Et le Mazarin ap-
prehendera que ce Duc ne luy dispute la place de
premier Ministre en France ; puis qu'il possede en
plus haut degré que luy, la qualité qui fait auiour-
d'huy la principale partie de cette charge. Et sans
mentir, s'ils s'approchent iamais, & si on les voit
tous deux ensemble à la Cour, on ne sçaura lequel
prendre pour le Mazarin, c'est à dire pour l'Archi-
fourbe. Le Duc s'est mis en passe de disputer ce titre au Faquinissime ; C'est à la Cour, qui est Iuge
competent de ces matieres à prononcer sur ce dif-
ferent. Toutefois ie serois d'aduis auant que d'adiu-
ger le prix à l'vn ny à l'autre, qu'elle attendist en-
core vn peu pour voir s'il s'en trouuera point vn
troisiesme, ou mesme vn quatriesme, & vn cin-
quiéme, qui le meritent mieux que l'vn ny l'autre,
& qui fassent cesser les murmures des peuples par
quelque plus grand suiet d'estonnement & de con-
sternation. Au temps où nous sommes, il y a trop
de sçauans personnages en fourberie, & nos Fran-
çois ont trop de cœur pour ceder vne si belle palme
à des Estrangers. Le titre de perfide fait la plus so-
lide gloire, & les plus hautes pretentions de nos
Heros, de la robe & de l'épée : On ne tient plus

B

pour genereux que ceux qui ont fait preuue d'infi-
delité, & la Braueure d'auiourd'huy confiste à qui
fourbera le plus hardiment.

Cela estoit bon à ces vieux Gaulois qui alloient
à l'assaut par tranchées, & auec la rondache & le
plastron, de chercher des couleurs & des pretextes
pour rompre la foy : Mais auiourd'huy comme on
se bat à découuert & à nud, l'on trompe de mesme :
Et c'est vne lascheté ridicule que d'auoir honte
d'estre lasche : Par le chemin qu'on tenoit autre-
fois on auoit besoin de beaucoup d'estude & d'ex-
perience, il falloit mediter sur le Tacite & sur le
Machiauel. Mais auiourd'huy que l'on a trouué le
secret de montrer toutes les sciences par abregé, on
est maistre en celle-là dés le premier coup, pourueu
qu'on ayt la hardiesse de l'estre. N'espuisez donc
pas toutes vos plaintes, & n'employez pas toutes
vos exclamations sur l'action du Duc Charles. Re-
seruez en quelques-vnes au besoin, & ne vous
hastez pas de le mettre en la premiere place des
fourbes, de peur que vous ne soyez obligé de l'en
oster bien-tost, pour y mettre quelqu'autre que le
temps vous indiquera. Vous ne doutez pas, Monsieur, que ie ne fusse tres-fasché que cela arriuast,
parce qu'il ne peut arriuer sans la ruyne de tous les
gens de bien ; mais certes, ie n'en serois pas surpris.
Il y a long-temps que ie sçay bien que la pluspart
des Grands ont tousiours demi-douzaine de diffe-

rents traittez dans leur poche, & des Agens de
tous coftez qui en commencent vne douzaine
d'autres. I'ay ouy dire à vn d'eux qui auoit bien
remué en fon temps, qu'ils ne font du bruit que
pour s'accommoder, & que c'eft le peuple enfin
qui paffe pour dupe.
Tout le monde fçait qu'il y a à Melun depuis
plufieurs iours, de certains Vefpertillions qui ne fe
montrent que la nuit (les ouurages des tenebres fót
ouurages du Diable) on les voit fur le foir fe couler
dans le logis du Maz. & de Seruient. On croit que
ces oyfeaux nocturnes quand ils auront fait nid,
deuiendront oyfeaux de iours: Mais fi cette Meta-
morphofe fe fait, ce fera en Corbeaux & en Vau-
tours. Cependant on amufe le peuple par des gri-
maces, on l'échauffe, on l'engage à des vaines ho-
ftilité, dont d'autres que luy tirerent l'auantage.
Peut eftre mefme qu'on feroit bien ayfe qu'à force
de fouffrir, il fuft reduit à defirer l'accommode-
ment que l'on a conclud fans luy, & à redeman-
der le Mazarin, afin que le traité defia fait auecque
luy, ou du moins fort auancé (fi luy-mefme ne le
rompt) puiffe fe manifefter fans leur honte. Dieu
veuille que Paris que fe trouue expofé au milieu
de cette querelle, ne foit pas la proye commune de
toutes les armées, comme l'eft defia la Campagne des enuirons. A vous parler ferieufement, iq

ne ſçaurois admirer la ſtupidité du Pariſien. Il fait
tout ce qu'il faut pour perir, & rien de ce qu'il de-
uroit faire pour ſe conſeruer. Il entretien ces mal-
heureuſes broüilleries, parce qu'il les regarde d'vn
œil indifferent. Il a veu venir le mal à luy, il l'a
attiré, il le reſſent tres cruellement. Et neant-
moins comme s'il n'eſtoit que le ſpectateur d'vne
piece, dont le dernier acte ne peut eſtre que
tres ſanglant pour luy, il ne veut pas tourner la
veuë ſur le danger eminent, qui luy pend ſur la
reſte. Il ſe moque de ceux qui luy diſent que le
feu eſt en ſa maiſon, quoy qu'il en voye la fumée,
& les flammeſches, & il s'amuſe à diſcourir de la
deſolation de Charonnes & de Vaugirard, auec la
meſme froideur qu'il raconteroit de la guerre, d'en-
tre les Tartares & les Chinois. Il eſt vray que ſes
Magiſtrats, ou intereſſez ou laſches, ont beaucoup contribué à le plonger & à l'entretenir dans
cette letargie. Car ſi quelqu'vn plus ſenſible que
les autres veulent ſe remuer tant ſoit peu, ils le traitent de mutin, & les autres badauts le traitent de
ridicule. On a beau dire à ces pauures hebetez.
Cherchons vn remede au mal qui nous accable,
terminons nos miſeres, prenons party auec Dieu
ou auec le Diable. On n'en a que cette reſponſe,
Que voulez-vous que ie faſſe. Ie diray plus, c'eſt
choſe eſtrange qu'ils ſont ſi enchantez, par ie ne
ſçay

fçay quel charme, que ne prenant point les armes
pour leur defense, ils fe laiffent quelquefois per-
fuader de les prendre pour celle des Mazarins. Nous
fçauons que ces traiftes à leur patrie ont l'audace
d'armer de la canaille, & de folliciter le Bourgeois
à faire emotion contre les gens de bien, fous pre-
texte de paix & de feruice du Roy. Et il eft certain
que le Mazarin qui eftoit preft à s'efloigner, fans cela, ne tient bon que dans l'efperance de quelque
grand coup, qu'ils luy promettent. O Paris que
tous les peuples de la Campagne, que toute la
France, ont grand fuiet de fe plaindre de toy! Les
entends tu pas qui te crient : *Efueille toy vn peu
groffe & pefante maffe, caufe de ta ruine & de la no-
ftre. Te voila bloqué par tes amis, & par tes ennemis.
Ne fens tu pas que tu es reduit à la faim ? On pille,
on affomme ceux qui t'apportent des viures, preuiens le
Mazarins, fais vn effort, ronfle feulement ; & tu ef-
carteras les chiens qui te deuorent de tous coftez. Re-
cannois enfin ta puiffance ; tu ne manque ny de force ny
de moyens, tu ne manque que de courage ; Et l'on ne
demande pas que tu en ayes beaucoup, il ne t'en faut
que pour prendre vne refolution defcifiue de quelque for-
te que ce puiffe eftre. Refous toy donc vne fois à faire
vn peu plus que des Affemblées de Parlement, & des
Chanfons de Pont-neuf : Autrement tu feras l'exe-
cration de la France, le vil iouet de la Tyrannie, &*

C

le Theatre de toutes les plus horribles calamitez. Mais
c'eſt parler à vn animal, qui n'a ny cœur ny oreil-
les; il n'a que la langue & le ventre, il ſera plu-
toſt accablé que reueillé. Pour moy puiſque ie
voy que Dieu l'abandonne au ſens reprouué, ie
me reſous, Monſieur, à ſuiure voſtre conſeil; &
j'accepte auec mille remerciemens, la retraitte que
vous m'offrez dans voſtre belle maiſon de frere.
Ie ſeray là quelque temps à l'abry des premiers
coups de la fureur Mazarine; & s'il arriue que i'y
entende le grand bruit que fera la cheute du mi-
ſerable Paris, ce ſera auec moins de danger, bien
que ce ne ſoit pas auec moins de deplaiſir. Ie n'at-
tends plus qu'vn paſſe-port & l'eſcorte, pour me
mettre en chemin, & pour vous aſſeurer de viue
voix, que ie ſuis.

MONSIEVR,

A Paris, ce 29. Iuin 1652.   Voſtre tres-hum-
                                 ble, &c. R.

www.ingramcontent.com/pod-product-compliance
Lightning Source LLC
Chambersburg PA
CBHW061411170626
46811CB00005B/1958